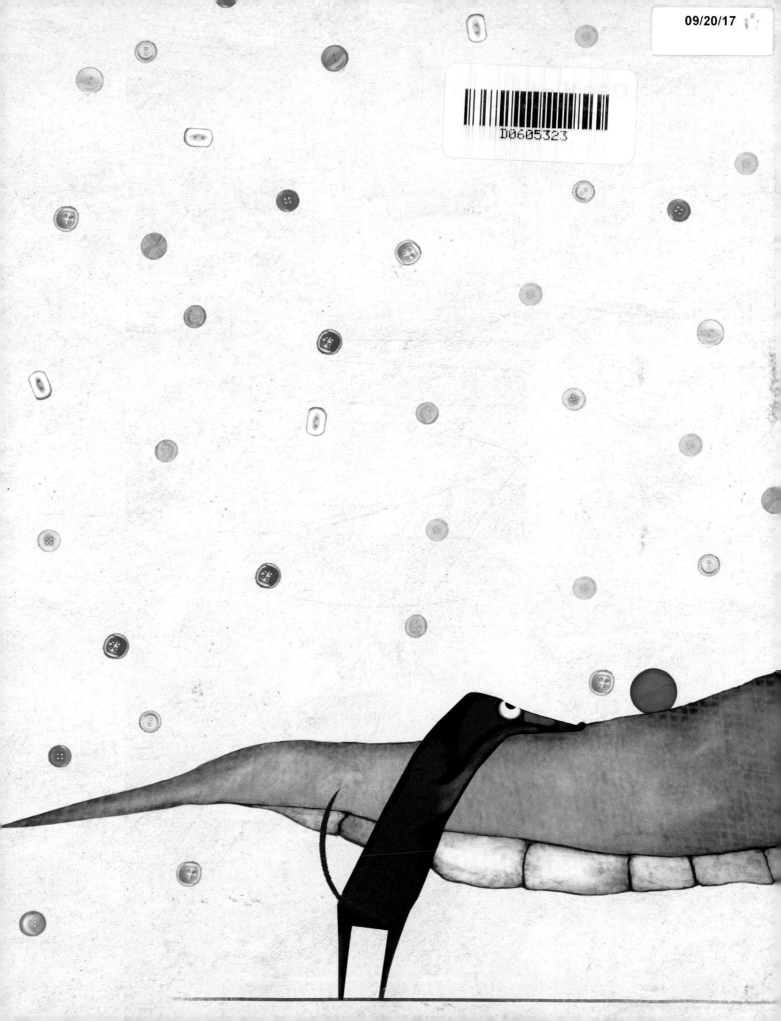

El animal perfecto
Colección Egalité

© del texto y las ilustraciones: Raquel Díaz Reguera, 2016
© de la edición: NubeOcho, 2017
www.nubeocho.com – info@nubeocho.com

Corrección: Rocío Gómez de los Riscos
Adaptación: Daniela Morra

Primera edición: 2017
ISBN: 978-84-946333-8-6

Impreso en China a través de Asia Pacific Offset,
respetando las normas internacionales del trabajo.

EL ANIMAL PERFECTO

Raquel Díaz Reguera

nubeOCHO

No habían recorrido ni trescientos metros desde la salida de la escuela cuando Valentina ya había tropezado con dos semáforos, una papelera y un buzón. Había pisado una pupú de perro y atropellado con su mochila de ruedas a varios peatones.

Valentina iba tan ensimismada que ni escuchaba las preguntas que le hacía su madre, hasta que esta, desesperada...

—¡Pero, Valentina! ¿Se puede saber qué te pasa?

—¿A mí? —contestó sorprendida—. A mí no me pasa nada, pero mami, ya que preguntas... ¿Tú cuál crees que es el animal más increíble? ¡El más espectacular! ¡El más más más de todos!

—¿El más más? No sé, Valentina... ¿Por qué?

—Porque el martes tenemos que ir a la escuela disfrazados de nuestro animal favorito y yo no sé cuál es mi animal favorito. Pero yo quiero ir disfrazada... ¡del animal perfecto!

—¡Ya sé! ¡Ya sé! ¡Ya sé! El mejor animal de todos es el elefante, que es el más grande y tiene unos colmillos enormes que me vendrían estupendamente para llevar la mochila y el abrigo. También tiene esas orejas enormes con las que puede ventilarse sin enchufes, ni pilas ni nada. Y encima es el único animal que tiene trompa para darse duchas fresquitas cuando hace calor, pero...

Curiosidades

LOS ELEFANTES:
Son los únicos mamíferos que no pueden saltar.

¿Y cuando hace frío...? ¡Porque yo soy
muy friolenta! ¡Ya lo sé! Para el frío nada
mejor que ser una osa. Sí, una osa peluda
y calentita que pasea por bosques con
riachuelos, árboles llenos de ramas, pájaros
y panales de abejas. Y donde hay abejas hay
miel... ¡A los osos les encanta la miel, como a
mí! Si yo fuera osa me pasaría las primaveras
hartándome de comer miel y los inviernos...
los inviernos me parece que me saltaría la
escuela y me quedaría en mi cueva, aunque...

Curiosidades

LOS OSOS:

Todos saben nadar. El que mejor lo
hace es el oso polar.

Para vivir en la oscuridad de una cueva lo mejor es tener visión nocturna, como los murciélagos. Eso sería increíble. ¿Por qué dirán que los murciélagos son feos? Yo creo que son preciosos y muy inteligentes. Lo de inteligentes no sé, pero me lo parecen. Batman, el hombre murciélago, es muy listo, y los vampiros también lo son. ¡Sí! Me encantaría dormir colgada boca abajo refugiada en mis brillantes alas negras... ¡Alas! ¡Qué bueno sería tener alas!

Curiosidades

LOS MURCIÉLAGOS:
Emiten ultrasonidos de alta frecuencia que son inaudibles para el ser humano. Con ellos se orientan durante el vuelo y la caza.

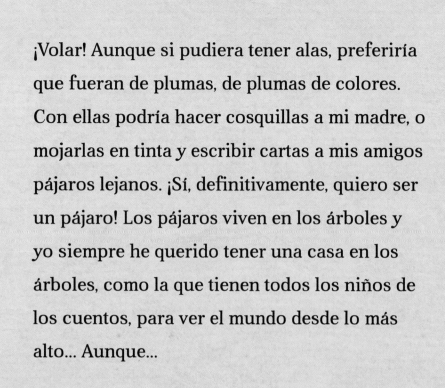

¡Volar! Aunque si pudiera tener alas, preferiría
que fueran de plumas, de plumas de colores.
Con ellas podría hacer cosquillas a mi madre, o
mojarlas en tinta y escribir cartas a mis amigos
pájaros lejanos. ¡Sí, definitivamente, quiero ser
un pájaro! Los pájaros viven en los árboles y
yo siempre he querido tener una casa en los
árboles, como la que tienen todos los niños de
los cuentos, para ver el mundo desde lo más
alto... Aunque...

Curiosidades

LOS PÁJAROS:
Los colibríes son
los únicos pájaros
que pueden volar
hacia atrás.

Si eres jirafa ves el mundo desde lo más alto todo el día. ¡Ser jirafa tiene que ser maravilloso! ¡Medir más de cinco metros! ¡Yo, que estoy siempre poniéndome de puntitas! Y con lo que me gustan las bufandas... ¿Cuántas bufandas cabrían en mi cuello de jirafa? Sí, el animal perfecto es la jirafa, seguro: te despiertas por las mañanas, estiras el cuello para desperezarte y solo con abrir los ojos ya ves más allá del horizonte... ¡El horizonte! Me gusta el horizonte, esa línea que separa el cielo del inmenso mar. ¡Me encanta el mar!

Curiosidades

LAS JIRAFAS:

Cuando las crías de jirafas nacen, miden más de un metro y medio de altura. Y tan solo unas horas después, son capaces de correr junto a su madre.

¡Ya está! ¡Un pez! Lo más increíble que te puede
pasar es ser un pez. Recorrer océanos con tu grupo
de amigos peces. Creo que se llaman "bancos de
peces", que suena raro, porque si yo fuera pez, no
me sentaría en un banco, no; yo visitaría bancos de
coral, bucearía de orilla a orilla, nadaría con mis
aletas. Aunque, ¿y si en vez de aletas tuviese...?

Curiosidades

LOS PECES:

Los peces de mar pueden tener sed.
Ellos también beben agua.

¡Tentáculos! ¡Me encantaría tener tentáculos!
Con ocho brazos podría abrazar a mis padres,
a mis abuelos y a mis amigos de una sola vez; o
hacer los deberes de matemáticas con un brazo,
los de historia con otro y dibujar con un tercero.
¡Y aún me sobrarían cinco! ¡El animal perfecto es
el pulpo! Puedes ir a la escuela cargado con todo
y, si llueve, te sobran manos para llevar paraguas.
Aunque... ¿un paraguas en el mar? ¿Qué será
mejor, vivir dentro o fuera del agua?

Curiosidades

LOS PULPOS:

El pulpo imitador es capaz de simular la forma
y movimientos de hasta 15 especies marinas
diferentes. Esta estrategia le permite ahuyentar a
sus depredadores simulando ser seres venenosos,
como la serpiente marina o el pez león.

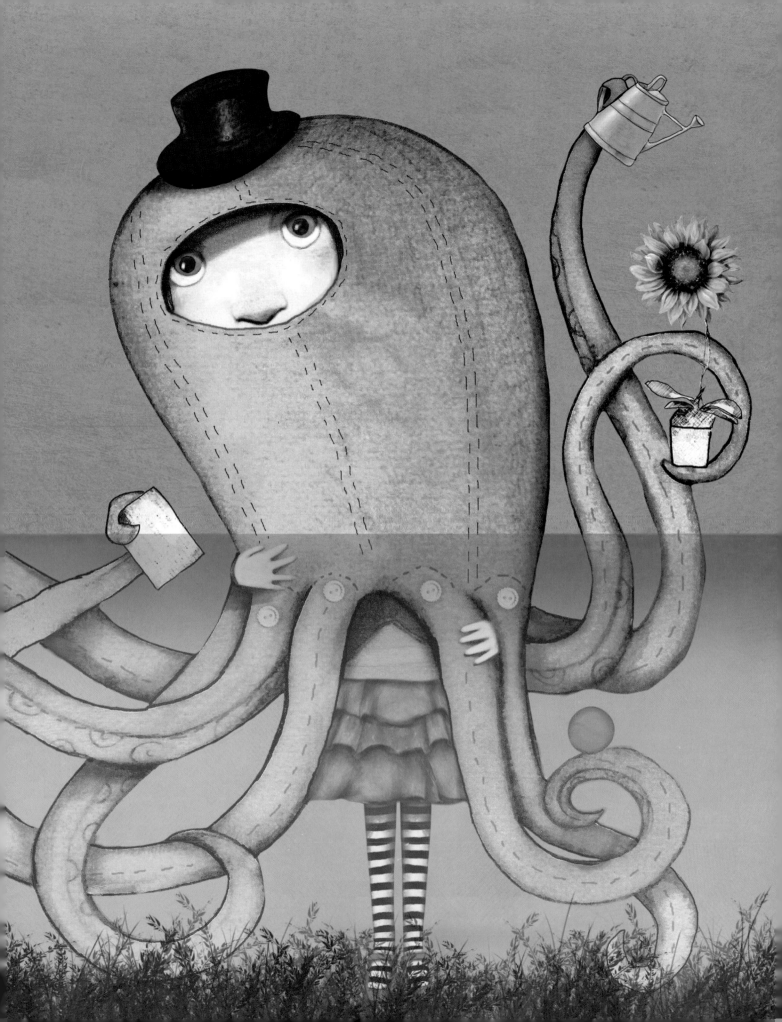

Ya sé. ¡Ni fuera ni dentro! Un rato aquí y un rato allá. ¡Un cocodrilo! Lo mejor para no tener que elegir entre agua o tierra es ser un cocodrilo, con esa boca enorme que utiliza para llevar a sus crías. Es una boca autobús. Yo sería un cocodrilo genial porque me encanta tumbarme al sol y mi padre siempre dice que lloro con lágrimas de cocodrilo. Aunque en lugar de llorar, quizás sería mejor...

Curiosidades

LOS COCODRILOS:
El cocodrilo no puede sacar la lengua.

¡Aullar! Aullarle a la luna... ¡Un lobo, quiero ser un lobo, el rey del bosque! O mejor que del bosque, ¡el rey de la selva! Seré una leona, o tal vez un tigre. Me encantan los tigres, pero el guepardo es el más rápido de los felinos. ¡Con lo que me gusta correr! Aunque pensándolo bien, seré un leopardo que va por las ramas. Pero si se trata de ir por las ramas... ¿Cómo no lo había pensado antes? ¡Mejor ser un mono! No, aún mejor, ¡un gorila grande y fuerte!

Curiosidades

LOS LOBOS:
Todos los lobos de una manada toman parte en la crianza de los lobeznos.

Tan entusiasmada estaba Valentina buscando
al animal perfecto que llevaba toda la tarde sin
prestar la menor atención a Mambo, su amigo
de cuatro patas, que la seguía a todas partes
moviendo la cola con la esperanza de que le
dedicara un par de caricias.

—¡Mambo! —exclamó Valentina mientras lo tomaba
entre sus brazos—, pero, ¿dónde te habías metido?
No te he visto en todo el día... ¿Cómo no lo he
pensado antes? ¡Un perro! —gritó entusiasmada—,
¡quiero ser un perro! Tan noble, tan bueno... Pero,
¿y por qué no un gato? Aunque, a lo mejor... Quizá...

Y después de mucho pensar y pensar y pensar, Valentina tuvo finalmente una idea perfecta, que la obligó a pasarse todo el fin de semana midiendo, cortando y cosiendo bajo la atenta mirada de su madre. Y el martes de la fiesta...

Valentina, feliz y orgullosa, llegó a la
escuela sabiendo que iba disfrazada del
animal perfecto y único: un poco de pulpo,
otro poco de jirafa, un trozo de elefante,
un pedacito de oso, otro tanto de lobo, una
pizca de murciélago, otra de cocodrilo, un
poco de pez, una parte de pájaro, algo de
león, un pedacito de perro y, por supuesto,
un toque de Valentina.

EL ANIMAL PERFECTO

Es la suma de lo especial que
es cada uno. En la mezcla está
el secreto.

¿Cómo es tu animal perfecto?

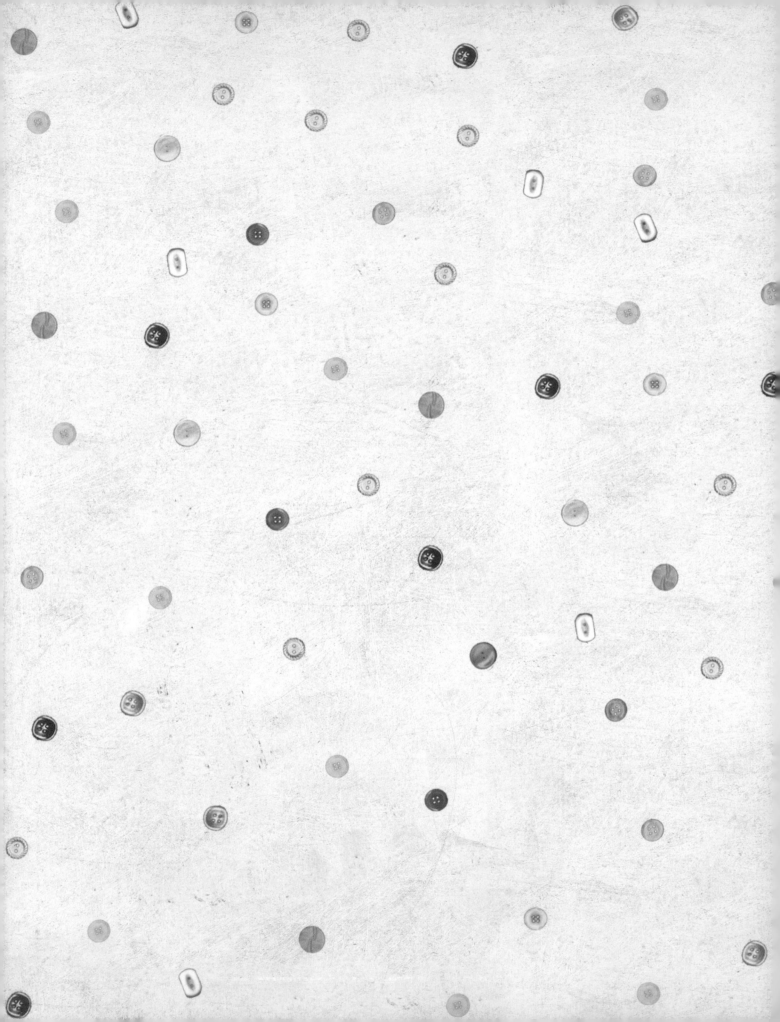